mary-kate olsen **ashley** olsen

Les jumelles s'en mêlent

VACANCES À MIAMI

Vous aimez les livres de la série

mary-kate olsen **ashley** olsen
Les jumelles s'en mêlent

Écrivez-nous pour nous faire partager votre enthousiasme :

Pocket Jeunesse - 12, avenue d'Italie - 75013 Paris

mary-kate olsen **ashley** olsen
Les jumelles s'en mêlent

Vacances à Miami

Une adaptation de Nancy Butcher

D'après la série télévisée créée
par Robert Griffard et Howard Adler

Traduit de l'américain
par Christine Bouchareine

POCKET
jeunesse

Titre original :
Two for the Road

Publié pour la première fois en 2001
par Harper Entertainment, États-Unis.

Loi n° 49-956 du 16 juillet 1949 sur les publications
destinées à la jeunesse : juin 2006.

TWO OF A KIND books created and produced by Parachute Press, LLC,
in cooperation with Dualstar Publications, a division of Dualstar Entertainment
Group, LLC, published by Pocket Jeunesse, a department of Univers Poche.

ISBN 2-266-15903-8

1

Samedi

Ashley

Cher journal,

Au secours ! Mary-Kate a disparu !

Oh, je n'aurais jamais pensé vivre un drame pareil ! Mary-Kate et notre amie Phoebe ont disparu ce matin, pendant la course de canoë. Les moniteurs du camp organisent les secours. Je les attends.

Nous sommes venues dans les Keys, au camp de la Barrière de Corail, pour des vacances organisées par notre école, l'institution de filles du Chêne blanc.

Il y a trois autres élèves de cinquième avec nous : Summer Sorenson, Cheryl Miller et

Élise Van Hook. Plus cinq garçons du cours Harrington : notre cousin Jeremy Burke, Seth Samuels, Justin Martinez, Ross Lambert et Devon Benjamin, un nouveau qui entrera à Harrington à l'automne.

Le camp de la Barrière de Corail ne ressemble à aucun autre, ni par ses activités ni par son cadre. Ici pas d'ateliers d'artisanat, pas de lits de camp. Nous vivons dans une grande maison meublée tout en rotin avec une véranda qui donne sur l'océan. Et depuis deux semaines, nous découvrons la photographie, la pêche en haute mer et la plongée.

Pour résumer, tous nos malheurs sont venus d'un pari stupide. J'ai eu le tort de dire à Mary-Kate que la plongée était dangereuse, que j'avais peur que mes poumons n'explosent et que mes yeux ne sortent de leurs orbites. Sans parler des alligators de dix mètres qui risquaient de nous dévorer. Je n'inventais rien. J'avais lu ça dans un ouvrage scientifique intitulé *Le pire qu'il puisse vous arriver*.

Et, bien sûr, Mary-Kate s'était moquée de moi.

— Quelle froussarde ! Je parie que tu rateras ton brevet de plongée. Et que tu ne tiendras jamais jusqu'à la fin du camp. Tu as tellement peur que tu ne pourras rien faire !

— Moi ? Tu rigoles ! Je vais réussir toutes les activités ! Tiens, je te parie même que j'obtiendrai mon brevet de plongée du premier coup !

Nous nous sommes accrochées par les petits doigts. Mary-Kate a dit que la perdante nettoierait la chambre de l'autre pendant six mois. Quel culot ! Sa chambre ressemble à un dépotoir. Mais comme j'étais sûre de gagner, j'ai accepté.

Et c'est à partir de là que la situation a commencé à se dégrader. Je voulais absolument gagner le pari. Là-dessus, j'ai eu le coup de foudre pour le nouveau, Benjamin Devon. Et c'était une erreur, vu que je sors déjà avec Ross Lambert.

La seule personne au courant, c'était Mary-Kate. Et tu ne devineras jamais ce qu'elle a fait. Cette peste est allée raconter à tout le monde que j'en pinçais pour Devon. Et ça n'a pas plu à Ross, forcément !

Mon petit coup de cœur pour Devon n'a pas duré. Nous n'avons rien en commun. Il n'aime ni la glace à la menthe et aux pépites de chocolat ni 4-You. Comment peut-on manquer de goût à ce point-là ?

Hélas, Ross ne m'a pas pardonné. Et nous sous sommes disputées, Mary-Kate et moi. Je l'ai accusée d'avoir voulu se venger parce que j'allais gagner le pari. Elle a juré qu'elle n'y était pour rien, mais je ne l'ai pas crue.

Et il y a deux jours, elle a encore jeté de l'huile sur le feu entre Ross et moi. Soi-disant pour m'aider !

Nous avons définitivement cessé de nous parler quand je lui ai annoncé que je ne voulais plus partager ma chambre avec elle, à notre retour à Chicago.

Maintenant, je sais qu'elle est innocente. Comment ai-je pu lui dire des méchancetés pareilles ? Et tout ça pour une histoire de garçons ! D'accord, ça compte, les garçons. Mais une sœur, ça compte plus encore.

Et voilà qu'elle a disparu ! Tout le monde était rentré avant le déjeuner… sauf elle et Phoebe.

Où peuvent-elles bien être ? La reverrai-je un jour ?

Je dois te laisser, cher journal. Sid Pepper, le directeur du camp, vient de me prévenir que les recherches allaient commencer.

Je n'imaginais pas que notre dernier week-end au camp se déroulerait ainsi. Pourvu qu'on les retrouve !

Mary-Kate

Cher journal,

Ce sont probablement les derniers mots que j'écris.

À moins que quelqu'un ne vienne à notre secours… et vite !

Tu ne devineras jamais où nous sommes. Nous avons échoué avec Phoebe sur une petite île, en plein marais. C'est pour ça que la feuille de papier est bourrée de moustiques écrasés.

Ce matin avait lieu la grande course de canoë. Sid et les autres moniteurs avaient balisé le parcours de petits drapeaux rouges. Et nous les suivions avec attention lorsque, tout à coup, nous sommes arrivées dans un passage plein d'araignées. Et dans l'affolement, nous avons pris une autre direction.

Grave erreur ! Nous avons pagayé et pagayé pendant une éternité. La rivière est devenue de plus en plus boueuse, étroite et sinistre. Il n'y avait plus aucun drapeau rouge en vue. Nous avions l'impression d'être seules au monde.

Comble de malheur, notre canoë s'est pris dans la mangrove : impossible de le dégager.

Nous avons eu beau appeler au secours, personne ne nous a répondu.

Il ne nous restait plus qu'à abandonner l'embarcation. Nous sommes montées sur une énorme racine qui nous a permis d'atteindre cette île. Si on peut appeler ça une île ! C'est juste un monticule couvert de mousse et de mauvaises herbes où ne vivent que des crapauds-buffles, des limules [1] et des millions de moustiques.

1. Espèce de crabe vivant sur les fonds boueux.

— Si on ne nous retrouve pas bientôt, nous sommes cuites, a gémi Phoebe.

— Tu veux dire qu'on finira toutes crues dans le ventre d'un alligator ! ai-je rectifié.

La Floride, surtout dans cette partie, est infestée d'alligators.

Ça fait bien longtemps que nous sommes assises là à surveiller les alentours. De temps en temps, un pélican vient nous voir. Je suis assaillie de pensées lugubres. Du genre : « Même si on ne finit pas dans le ventre d'un alligator, comment arriverons-nous à survivre ? » J'ai une demi-barre aux protéines dans mon sac, Phoebe a trois pastilles de menthe, plus une petite bouteille de jus de canneberges [1]. Et je ne vois rien de comestible ou de buvable dans le coin. À moins d'avoir envie d'un sushi de crapaud-buffle ou d'une gorgée d'eau sale.

— Phoebe ? Tu crois qu'on va mourir de faim ? ai-je fini par lui demander.

— Ne dis pas ça ! Il faut qu'on tienne !

1. Plante des marais à baies rouges comestibles.

Prise d'un sursaut d'énergie, elle s'est levée pour essayer de dégager le canoë.

— Zut, il est vraiment coincé !

— On ferait mieux de faire notre testament. Au cas où... On n'a qu'à l'écrire dans mon journal. Peut-être que quelqu'un le retrouvera un jour.

Phoebe s'est assise à côté de moi.

— S'il nous arrive malheur, je lègue toutes mes robes noires à Ashley.

Phoebe est une grande collectionneuse de fripes et de vieux bijoux. Elle portait justement un short kaki, un chapeau de safari vert et des tennis en madras, tout droit sortis des années 1960.

En l'entendant prononcer le nom d'Ashley, j'ai senti mon cœur se serrer. J'avais l'intention de faire la paix avec elle, après la course de canoë. Et je réalisais brusquement que nous n'en aurions peut-être plus l'occasion.

— Moi, je vais lui laisser mon poster de Derek Jeter, mon gant de base-ball préféré et mes CD, ai-je murmuré d'une voix étranglée.

— Tu ferais bien de noter tout ça.

— D-d'accord.

J'ai donc pris une page neuve et j'ai écrit :

NOS DERNIÈRES VOLONTÉS

Nous soussignées, Mary-Kate Burke et Phoebe Cahill, léguons les objets suivants aux membres de notre famille et à nos meilleurs amis.

À Ashley Burke, Phoebe lègue sa collection de robes noires anciennes, et Mary-Kate lègue son poster de Derek Jeter, son gant de base-ball préféré et toute sa collection de CD.

Phoebe s'est penchée pour lire par-dessus mon épaule et s'est mise à glousser.

— Quoi ? Je ne vois pas ce qu'il y a de drôle ! me suis-je énervée.

— Ce n'est pas ça. Tu sais ce qu'on devrait léguer à Summer ? Un dictionnaire !

J'ai souri.

— Oui ! Ça lui évitera de confondre initiale et initiation !

Nous avons éclaté de rire.

— Et on pourrait laisser à Cheryl un exemplaire de *La cuisine pour les nuls* ! ai-je suggéré. Tu te souviens de ses brownies, l'autre jour. Ils avaient un goût de… de…

— De vase ! s'est esclaffée Phoebe.

J'ai vite écrit tout ça, mot pour mot.

— Et tu sais ce qu'on pourrait offrir à Seth ? Un abonnement à *GuyStyle* ! Peut-être qu'il s'habillera enfin correctement.

— Et Ross ! Si on lui léguait un jeu de fléchettes avec le portrait de Devon dessus ?

Nous avons continué ainsi un bon moment. Et j'ai absolument tout noté. Je sais que nous disions des tas de méchancetés sur nos amis, mais au moins, ça nous faisait rire.

Et soudain, j'ai entendu un roulement de tonnerre. J'ai levé la tête vers le ciel. On aurait dit qu'il allait faire nuit. Un orage arrivait !

J'ai contemplé les nuages, le marais, notre canoë coincé dans la mangrove. Nous avions besoin de rire plus que jamais.

J'allais dire à Phoebe ce qu'il fallait léguer à mon cousin Jeremy lorsque nous avons entendu un autre bruit. Ça venait de la rivière.

Et ça se rapprochait.

Ça avait tout l'air d'un alligator !

2

Dimanche

Ashley

Cher journal,

Je sais que tu meurs d'impatience de savoir si nous avons retrouvé Mary-Kate et Phoebe. J'aurais dû te le raconter avant de me coucher, mais j'étais crevée après nos recherches. Ce n'est pas toujours facile d'être un héros !

Alors voilà l'histoire. (J'écris tout en avalant un bol de porridge à la papaye et au kiwi, alors un peu de patience !)

Notre équipe de secours se composait de quatre personnes. Je suis montée dans un canoë avec Sid pendant que Jenny et Brad nous suivaient dans le second. Et nous avons pagayé un long moment sans trouver de trace.

— Mary-Kate ! Phoebe ! Où êtes-vous ?

J'avais la voix cassée à force de crier mais elles ne répondaient pas. On entendait juste les crapauds-buffles qui coassaient.

Et soudain le ciel s'est assombri.

— J'ai comme l'impression qu'on va avoir de l'orage, a remarqué Brad dans l'autre canoë.

— Oui, le temps se gâte, a grommelé Sid.

Juste après, nous sommes arrivés à une fourche. Et au moment où nous allions nous engager à droite, en suivant les drapeaux, j'ai poussé un cri.

— Sid ? Tu as vu toutes ces toiles d'araignées ?

— Tu n'as qu'à baisser la tête. Les canoës sont passés par là sans problème.

— Je sais. Moi, la première. Mais Mary-Kate déteste les araignées. Et Phoebe encore plus. C'est impossible qu'elles soient passées par là.

Sid s'est arrêté de pagayer et s'est tourné vers moi.

— Tu crois qu'elles auraient pris à gauche ?

— J'en suis sûre. Et c'est comme ça qu'elles se sont perdues !

Nous avons donc opté pour l'autre bras de rivière. Il était plus étroit et envahi par la mangrove. J'ai poussé un cri en voyant une famille d'alligators qui dormait sur une butte.

— Tais-toi et continue de pagayer, a dit Sid d'une voix tendue.

Je me suis mise à genoux et j'ai pagayé comme si c'étaient les Jeux olympiques.

— Mary-Kate ? Phoebe ! Où êtes-vous ? ne cessais-je de hurler.

Soudain j'ai cru entendre une voix me répondre dans le lointain.

— Arrête, Sid !

Sid a posé sa pagaie. Jenny et Brad aussi. Nous avons tendu l'oreille.

— Ashley ! Au secours !

— Ce sont elles ! Mary-Kate ! Phoebe ! Tenez bon. On arrive !

— Dépêchez-vous !

Nous nous sommes mis à ramer comme des fous en direction de leur voix.

Et tout à coup, à la lueur d'un éclair, j'ai entraperçu Mary-Kate et Phoebe qui sautaient sur un îlot en agitant les bras.

J'ai mis le pied à terre et j'ai couru vers elles.

— Je croyais que les alligators vous avaient dévorées !

Je sanglotais en serrant Mary-Kate dans mes bras.

— Et moi, je croyais que c'étaient eux qui arrivaient ! a crié Phoebe en nous prenant dans ses bras. Que je suis contente de te voir ! Tant pis, je ne te léguerai pas mes robes, finalement !

— Quoi ?

Je ne voyais vraiment pas de quoi elle voulait parler.

— Laisse tomber ! l'a coupée Mary-Kate. Je suis tellement contente de te voir !

Tu penses bien que, moi aussi, j'étais folle de joie de les ramener saines et sauves !

Mary-Kate

Cher journal,

C'est sûr que la vie n'est plus la même une fois qu'on a frôlé la mort ! Maintenant que j'ai survécu aux alligators et à la famine, j'apprécie davantage les choses de la vie. Comme le porridge au petit déjeuner, un bon lit pour dormir ou le fait de discuter avec mes amis…

Et surtout le bonheur d'avoir la meilleure sœur jumelle du monde !

Nous avons fait la paix avec Ashley. C'est génial, non ? Après l'opération sauvetage, nous sommes revenus à toute vitesse au camp. Heureusement, car à peine étions-nous arrivés que l'orage a éclaté. Je ne te dis pas les trombes d'eau !

C'est bizarre ! J'avais l'impression que nous étions parties depuis la veille au moins. En fait, à peine cinq heures s'étaient écoulées depuis le début de la course.

Nous sommes montées dans notre chambre prendre une douche bien chaude.

Et ensuite nous sommes restées en peignoir à flemmarder. Nous nous sommes verni mutuellement les ongles des pieds (en Orange Tropical !) et nous avons parlé à cœur ouvert.

— Je suis désolée de t'avoir accusée à tort. Maintenant je sais que tu voulais juste nous rabibocher, Ross et moi, m'a dit Ashley.

Moi aussi, je me suis excusée. Je lui ai avoué que j'étais jalouse parce que je savais qu'elle allait gagner le pari. Elle avait suivi tous les cours de plongée alors que j'inventais n'importe quoi pour ne jamais y assister.

— Et surtout, je me suis aperçue que ce n'était pas toi, mais moi, la froussarde, ai-je avoué, piteuse.

— Quelle importance puisque nous avons décroché toutes les deux notre brevet ?

Alors nous nous sommes embrassées en jurant de ne plus jamais, jamais nous fâcher.

C'est ainsi que se terminent nos vacances mouvementées au camp de la Barrière de Corail. En effet, demain matin aux aurores, nous prenons le car pour Miami. Nous y passerons deux semaines avant de rentrer finir l'été chez nous.

Et devine quoi ! Mme Clare, la directrice adjointe du Chêne blanc, nous a annoncé qu'un programme fantastique nous attendait. Mais elle n'a pas voulu nous en dire plus…

Je te tiendrai au courant.

3

Lundi

Ashley

Cher journal,

Tu ne croiras jamais où je suis. À Miami ! Dans un gigantesque hôtel avec un service d'étage, deux piscines et des maîtres nageurs super-mignons.

Et du balcon de notre chambre, nous voyons le soleil se coucher sur la mer !

Le camp de la Barrière de Corail me semble à des millions de kilomètres. Pourtant, c'est à peine ce matin que nous avons dit au revoir à Sid, Brad et Jenny.

Dans le bus, Mme Clare nous a enfin dévoilé ce qui nous attendait.

— Vous allez participer à un triathlon de quatre jours. Le Chêne blanc et Harrington feront équipe contre sept autres écoles de la côte Est.

Nous nous sommes regardées, Mary-Kate et moi. Un triathlon ! Ça tombait à pic : j'étais dans une forme olympique après ces deux semaines de sport au grand air.

Jeremy a levé la main.

— En quoi cela consiste, exactement ?

— C'est une épreuve d'athlétisme comportant trois disciplines : bicyclette, beach-volley et ski nautique.

Phoebe a demandé d'un air préoccupé :

— Pouvons-nous choisir notre sport ? Moi, je n'ai jamais fait de ski nautique.

J'avais du mal à imaginer Phoebe fendant les vagues dans son maillot des années 1940 qui lui arrivait jusqu'aux genoux !

— Chacun choisira ce qu'il voudra. Et les débutants ne doivent pas s'inquiéter. Ce qui compte, c'est l'esprit d'équipe, l'entraide et le plaisir de participer. Ce triathlon permettra de réunir des fonds pour la préservation des animaux sauvages de Floride. Les sponsors verseront mille dollars aux équipes qui réussiront à se qualifier.

— Et nous, nous n'aurons rien en remerciement de nos efforts ? s'étonna Jeremy.

Mme Clare a souri.

— Il y aura un prix pour l'équipe qui terminera en première position. Je ne sais pas encore ce que ce sera mais j'aurai l'information dans un jour ou deux.

Tout le monde s'est mis à parler en même temps. Je me suis tournée vers Ross qui était assis derrière moi.

— C'est génial, non ? me suis-je exclamée en lui décochant mon plus beau sourire.

J'espérais qu'il m'avait pardonné, surtout depuis que j'avais risqué ma vie, enfin presque, pour sauver Mary-Kate et Phoebe.

Il devait encore m'en vouloir car il m'a lancé un regard glacial.

— Tu ne vois pas que je lis ?

Il tenait un exemplaire d'une revue dentaire qu'il avait dû trouver dans la poche de son siège. Je n'ai pas insisté.

Je me dis que j'ai deux semaines pour me faire pardonner. Mais je ne vois pas comment !

Mary-Kate

Cher journal,

Bon, pas de panique. Peut-être que ce n'est pas si grave que ça. MON JOURNAL A DISPARU !

Là, je t'écris sur le papier à lettres de l'hôtel.

Ce matin, j'ai mis ma valise dans la soute du car avant de monter m'asseoir à côté d'Ashley. Puis j'ai ouvert mon sac pour y prendre mon journal.

Il n'y était pas !

J'étais très ennuyée. Mais comme je pensais l'avoir laissé dans ma valise, je ne me suis pas trop inquiétée.

Et à peine arrivée à l'hôtel, je me suis dépêchée d'ouvrir mes bagages pour le récupérer.

Et là, horreur, impossible de le trouver !

Je n'ai pas arrêté d'y penser pendant le repas. Et alors que les autres s'installaient autour de la piscine, je suis montée en vitesse dans ma chambre pour regarder de nouveau dans mes affaires. Rien !

Dans l'après-midi, Ashley s'est plongée dans son journal à elle.

— Peut-être qu'il est à la piscine, a-t-elle murmuré.

— Qui ça ?

— Ross. Dis, tu n'aurais pas envie d'aller piquer une tête ? a-t-elle ajouté en me jetant un regard plein d'espoir.

— Si tu veux le reconquérir, je crois que tu ferais mieux de te passer de mon aide…

Ashley a marmonné qu'elle allait mettre son bikini rouge mais je ne l'écoutais pas. Je ne pensais qu'à mon journal.

Mon regard est tombé sur le sac à dos d'Ashley posé près du mien. Et si j'avais mis mon cahier dans le sien par erreur ? Devais-je dire à Ashley que je l'avais perdu ? Ou valait-il mieux que j'attende qu'elle s'en aille pour fouiller dans son sac ?

Je ne comprenais pas pourquoi j'étais si perturbée par la disparition de mon journal. Je n'avais rien écrit de méchant, non ?

Si, justement ! C'était bien là le problème ! J'avais dit que Summer avait besoin d'un dictionnaire, que Cheryl cuisinait très mal, qu'Élise était aussi originale que la tarte aux pommes ! Et n'avais-je pas fait allusion à l'haleine fétide de Justin ?

Mais j'avais écrit tout ça sous le coup du stress, sans le penser vraiment, parce que je croyais qu'on allait mourir, Phoebe et moi.

Moi qui pensais avoir vécu l'enfer quand j'étais perdue au fin fond des marais, je me suis mise à trembler.

Il ne fallait surtout pas que quelqu'un lise mon journal ! Sinon, j'étais cuite. Je n'aurais plus qu'à retourner au lycée, à Chicago. Oui, je pourrais dire adieu au Chêne blanc.

4

Mardi

Ashley

Cher journal,

Ce matin, nous sommes tous allés nous promener en bateau dans la baie de Biscayne, à l'exception de Jeremy qui a fait une indigestion de tarte au citron. Ça lui apprendra à s'empiffrer !

Sal, le capitaine du *S.S. Clambake*, nous a montré de grandes îles couvertes de magnifiques propriétés. Et il nous a indiqué les noms de tous les oiseaux exotiques que nous avons croisés : des ibis, des aigrettes et des spatules roses. Waouh ! Ça nous change des pigeons de Chicago !

C'était une journée de rêve. Le soleil brillait dans le ciel. Les palmiers se balançaient dans la brise. Et je portais ma nouvelle petite robe imprimée de poissons tropicaux.

Ross, accoudé au bastingage, regardait la mer. Il avait l'air plongé dans ses pensées. C'était le moment idéal.

Je me suis doucement approchée de lui.

— C'est chouette, hein ? ai-je lancé d'une voix enjouée.

Il a haussé les épaules sans même me regarder.

— Ouais, c'est pas mal.

— Et comment est ta chambre ?

— Bien.

— Avec qui la partages-tu finalement ?

Il a marmonné dans sa barbe.

— Qui ?

— Devon Benjamin, a-t-il lâché entre ses dents.

— Oh !

J'ai rougi jusqu'aux oreilles. De l'autre côté du pont, j'ai aperçu Devon qui montrait des dauphins à Élise et Cheryl, en admiration devant lui. Cheryl et Élise, pas les dauphins.

— Écoute, Ross. Tu ne crois pas qu'on devrait parler, tous les deux ?

— Parler de quoi ?

Mon cœur s'est serré. Il avait décidé de ne pas me faciliter la tâche. J'ai cherché des yeux Mary-Kate, espérant qu'elle me ferait un signe d'encouragement. Mais elle chuchotait fiévreusement dans un coin avec Phoebe. Qu'est-ce qu'elle manigançait encore ?

— Ross, ce n'est pas Devon que j'aime, c'est toi. Devon et moi, nous étions juste des…

— Regardez ! Ce lamantin a des problèmes ! a alors crié Devon.

— Où ça ? a crié Mme Clare, cramponnée à son grand chapeau, de peur qu'il ne s'envole.

Tout le monde s'est précipité vers Devon.

— Regardez le bateau de pêche, là-bas. Il a pris un lamantin dans son filet.

— C'est horrible ! a gémi Mary-Kate en se précipitant vers nous.

Nous savions, depuis notre séjour au camp de la Barrière de Corail, que cette espèce de gros mammifères pouvait mesurer trois mètres de long et peser jusqu'à cinq cents kilos. Et Sid nous avait dit que c'étaient des animaux gentils, paisibles et même végétariens ! Mais le problème, c'est qu'ils étaient en voie de disparition.

— On ne pourrait pas l'aider à se libérer ? ai-je demandé à Devon.

Je n'avais pas achevé ma phrase que le lamantin se dégageait du filet et s'éloignait. Quelle bête adorable ! On aurait dit un éléphant avec des nageoires !

Il nous a fait un clin d'œil avant de disparaître sous l'eau.

— Ouf, il est sauvé ! a soupiré Summer. C'était un mâle, non ? Comment on appelle les femelles ? Des lamantables ?

— Non, on les appelle aussi des lamantins, a répondu Devon. Et il n'est pas sauvé pour autant. S'il a été blessé par le filet et que les plaies s'infectent, il ne survivra pas.

— Quoi ? s'est écriée, Cheryl, bouleversée.

— C'est une des causes de leur disparition, a continué Devon d'un ton sinistre. Les pêcheurs ne font pas toujours attention quand ils jettent leurs filets et leurs lignes à l'eau. Et comme les lamantins se déplacent lentement, ils se font prendre et sont souvent blessés.

Dans le feu de la conversation, j'en avais oublié mes problèmes avec Ross. Je ne pensais plus qu'au pauvre lamantin. J'espérais vraiment qu'il s'en sortirait.

— Madame Clare ? a dit Élise. Le tournoi devrait rapporter beaucoup d'argent au fonds de préservation de la nature, n'est-ce pas ?

Je savais où elle voulait en venir. Élise est comme ses parents qui sont volontaires pour les Peace Corps, dans les îles Fidji. Elle cherche toujours à aider les autres. Et cela inclut les animaux et la nature en général.

— Exactement ! a répondu Mme Clare en hochant la tête. Si vous réussissez les épreuves, vous participerez tous à la sauvegarde des lamantins et des autres espèces sauvages de Floride.

Après ce que je venais de voir, j'étais décidée non seulement à réussir les épreuves mais également à remporter le tournoi.

Quand nous sommes revenus à la marina, Mme Clare nous a donné davantage d'informations sur le déroulement de la compétition.

— Il y aura une grande réunion avec toutes les autres écoles, demain matin. Puis jeudi matin, nous aurons notre réunion à nous. Le capitaine de notre équipe choisira les participants aux différentes épreuves. Mais avant, vous devez élire votre capitaine, a-t-elle ajouté avec un grand sourire.

« Je veux être capitaine ! » ai-je aussitôt pensé.

D'accord, je ne suis pas géniale au volley. Mais je suis une flèche à vélo et j'ai appris à faire du ski nautique sur le lac Michigan, près de Chicago.

Et ce n'est pas ça le plus important. Ce qui compte, c'est de savoir motiver les autres, les entraîner et les encourager.

J'ai donné un coup de coude à Mary-Kate.

— Propose-moi.

Elle a paru étonnée. Elle devait avoir la tête ailleurs. Mais elle n'a pas eu le temps de lever la main que nous avons entendu derrière nous une voix familière. Beaucoup trop familière !

— Salut, tout le monde ! Vous allez bien ?

C'était Dana Woletsky !

Oh, non ! Que venait-elle faire ici ?

Nous nous sommes retournés. Un grand yacht blanc s'était arrêté le long du *S.S. Clambake*. Dana était campée sur le pont dans une fabuleuse robe bleue avec des lunettes de soleil super-classe. Sa mère tenait la barre pendant que son père baissait les voiles.

Dana est en cinquième, elle aussi, et nous ne sommes pas vraiment amies-amies. Elle m'accuse de lui avoir piqué Ross. Quel culot ! Ils ne sont jamais sortis ensemble !

Elle est descendue nous rejoindre sur le quai, suivie par ses parents qui portaient des valises. Summer a couru à sa rencontre et l'a serrée dans ses bras. Ross lui a fait coucou de la main.

— Dana ! s'est exclamée Mme Clare, rayonnante ! Nous sommes tellement contents que tu nous rejoignes !

— Je ne savais pas que tu venais ! me suis-je exclamée.

Elle m'a fusillée du regard.

— Les parents de Dana ont écourté leur croisière aux Bahamas pour qu'elle puisse nous rejoindre à Miami, a expliqué Mme Clare avec un grand sourire. Quelle chance ! Elle arrive à temps pour nous aider à choisir le capitaine de notre équipe !

— Je propose Dana ! a crié Summer en levant la main.

— J'appuie cette proposition, a dit Ross.

J'ai failli m'étrangler.

— Quoi ?

— Moi, je propose Ashley, s'est empressée de dire Mary-Kate.

— Je suis d'accord, a dit Phoebe.

J'ai retenu mon souffle, espérant que Ross dirait : « J'ai changé d'avis, je veux que ce soit Ashley notre capitaine. » Ou un truc du genre. Mais il n'a pas pipé mot.

Oh, cher journal ! Comment Ross a-t-il pu prendre le parti de Dana après tout ce qu'il y a eu entre nous ? Je sais qu'il m'en veut toujours pour Devon. Mais il se doute bien que c'est un malentendu. Pourquoi continue-t-il à me faire la tête ?

Quoi qu'il en soit, nous devons voter demain matin. Je dois battre le rappel de mes troupes. Me voilà avec deux objectifs. Vaincre Dana à l'élection. Et récupérer Ross !

Mary-Kate

Cher journal,

C'est officiel. Je suis définitivement maudite !

J'ai cherché mon journal partout. Même dans le sac à dos d'Ashley, dans sa valise et jusque dans ses tiroirs. Et j'ai retourné mes affaires pour la sixième fois.

Il est in-trou-vable !

J'écris toujours sur le papier à lettres de l'hôtel. Le type de la réception doit croire que j'ai une foule d'amis car je passe mon temps à lui en demander.

Je suis installée au Tagno, un petit restaurant de Little Havana, un quartier de Miami, où Mme Clare nous a emmenés manger, après la promenade en bateau.

Ashley est d'une humeur de chien, bien que je l'ai soutenue pour le poste de capitaine. C'est sans doute parce que Dana a débarqué alors qu'elle ne s'y attendait pas. Et qu'elle a déjeuné avec Summer, Élise et Ross ! Les parents de Dana repartiront à Key West avec leur voilier, après avoir déposé ses bagages à notre hôtel. Quel dommage qu'ils n'emmènent pas leur fille avec eux !

Mais je n'ai pas le temps de m'occuper des problèmes d'Ashley pour le moment. Les miens sont bien plus graves. Je n'ai pas pu avaler mes bananes grillées tellement je suis inquiète.

J'ai mis Phoebe au courant de mes angoisses pendant la balade en bateau, mais ça n'a pas eu l'air de l'inquiéter.

— Si quelqu'un trouve ton journal et lit nos dernières volontés, nous pourrons toujours dire que nous avions perdu la tête. Qui pourra nous en vouloir ? Nous avons frôlé la mort !

Bref, elle prend ça à la légère. Oui, sauf que c'est mon journal, c'est mon écriture. Si quelqu'un doit payer, ce sera moi !

Je sais, je sais. Je l'ai peut-être laissé tomber sur la plage et à l'heure qu'il est, avec un peu de chance, il pourrit au fond de l'océan.

Mais si quelqu'un l'a récupéré, je suis mal !

5

Mercredi

Ashley

Cher journal,

Ce matin, c'était la grande réunion pour le tournoi. Angela Velasquez, la directrice des sports de l'hôtel, nous a tout expliqué pendant que nous dégustions des petits pains et des milk-shakes à la goyave.

Huit écoles de la côte Ouest vont s'affronter. Chaque école devra avoir choisi son capitaine avant midi.

Nous avons échangé un regard, Dana et moi. Elle a rejeté ses cheveux dans son dos d'un geste hautain, comme si elle était sûre d'être élue. Elle peut toujours rêver !

Hier, après-midi, j'ai acheté une douzaine de gâteaux, à la pâtisserie, en face de l'hôtel. Et avec un tube de glaçage bleu, j'ai écrit dessus « Ashley capitaine ». Puis j'en ai offert un à chaque membre de notre groupe, accompagné d'une feuille sur laquelle j'énumérais les raisons pour lesquelles je ferais un excellent capitaine. Entre autres :

– DES QUALITÉS DE CHEF RECONNUES !
– LA VOLONTÉ DE GAGNER !
– LE DÉVOUEMENT À LA CAUSE DES ANIMAUX SAUVAGES !
– UNE GRANDE CAPACITÉ DE TRAVAIL MISE AU SERVICE DES AUTRES !

Tout le monde a paru impressionné par les gâteaux et aussi, j'espère, par mon laïus. Sauf Summer qui est bien trop fidèle à Dana. Et Ross qui a jeté son gâteau à la poubelle. Ça craint !

— Comme vous le savez tous, le tournoi comprendra trois disciplines, nous a annoncé Angela. Volley, ski nautique et vélo. Nous commencerons dimanche par le volley dont la finale aura lieu lundi. Mardi, ça sera le ski nautique. Et nous terminerons mercredi avec une course cycliste de 10 kilomètres.

Un garçon dans le fond a levé la main. J'ai failli m'étrangler avec mon petit pain. Il était vraiment super-bien bâti et portait un T-shirt avec écrit en gros : ON N'A RIEN SANS MAL. Il donnait l'impression de pouvoir soulever cent kilos avec son petit doigt.

En fait, j'ai repéré pas mal de filles et de garçons avec un physique d'athlète. La compétition promet d'être rude !

— Y a-t-il des candidats qui se présenteront dans les trois sports ? a demandé Monsieur On-n'a-rien-sans-mal.

Angela a jeté un rapide coup d'œil à son listing.

— Non, vous êtes entre dix et douze par école. Chaque école ne peut présenter que six concurrents par sport. Et c'est aux capitaines des équipes de les choisir.

— Faut-il vraiment que je participe ? m'a chuchoté Phoebe. Ne pourrais-je pas juste faire un reportage pour *Le Roseau* ?

— Non. Mme Clare a dit que chacun de nous devait participer au moins à une épreuve. Et la réussir. Sinon, il n'y aura pas d'argent pour le fonds de préservation de la nature. Mais ne t'inquiète pas, Phoebe. On te trouvera un caleçon de cycliste à rayures des années quatre-vingt. Ça t'aidera à te mettre dans l'ambiance !

— Les capitaines auront deux jours pour former leurs équipes et organiser l'entraînement, a poursuivi Angela avec un grand sourire. Les responsables de vos écoles ont dû vous dire que, pour chaque équipe qui réussira l'épreuve, les sponsors verseront mille dollars au Wildlife Fund. Ce qui fera huit mille dollars pour la protection de la nature en Floride si tout le monde se qualifie !

Nous avons applaudi bruyamment.

— Et ce n'est pas fini, a-t-elle repris. L'école qui arrivera première sera aussi récompensée.

J'ai retenu mon souffle, impatiente d'entendre la suite.

— Les vainqueurs gagneront une journée au Seaquarium et seront les parrains du bébé lamantin qui vient de naître. Ils auront en plus le privilège de nager avec les dauphins !

Parrainer un bébé lamantin ! Nager avec les dauphins ! Incroyable ! Je voulais plus que jamais voir notre équipe remporter la compétition !

Et j'étais la personne idéale pour la conduire à la victoire !

Après la réunion, Mme Clare nous a demandé d'élire le capitaine.

Gloups ! Je savais que les voix de Phoebe et Mary-Kate m'étaient acquises. Et Summer et Ross choisiraient Dana, à moins que Ross n'ait repris ses esprits et ne m'ait pardonné.

Je n'avais aucune idée de la façon dont les autres voteraient. Et si on se retrouvait à égalité, qu'est-ce qu'on ferait ?

Le grand moment est arrivé.

— Qui vote pour Dana Woletsky ? a demandé Mme Clare.

Cinq mains se sont levées. Summer, Ross, Élise, Seth et Dana.

— Tu ne peux pas voter pour toi, Dana, lui a rappelé Mme Clare. Cela fait donc quatre voix pour Dana. Maintenant, qui vote pour Ashley Burke ?

Phoebe, Mary-Kate, Jeremy, Justin, Devon et Cheryl ont levé la main.

— Eh bien, voilà notre gagnante ! a annoncé Mme Clare avec un grand sourire. Ashley Burke sera le capitaine de notre équipe.

YESSSSSS !

J'ai eu un mal fou à ne pas sauter de joie !

Mary-Kate m'a tapé dans la main.

— Bravo !

— Félicitations, Ashley ! a crié Phoebe en me serrant dans ses bras. J'ai hâte de publier ton portrait dans *Le Roseau*.

Jeremy m'a donné un grand coup dans le dos. Quelle brute !

— Si j'ai voté pour toi, c'est bien grâce au gâteau.

— Merci, Jeremy, c'est gentil.

À cet instant, j'aurais été d'une humeur excellente si je n'avais pas eu deux grosses contrariétés.

D'abord, Ross ne m'a pas dit un mot. Ni « Félicitations » ni « Bonne chance ». Rien !

Ensuite Dana, elle, en revanche, m'a parlé. Et j'en ai encore des frissons dans le dos !

— Si tu crois que notre équipe va se qualifier, tu te fais des illusions. Tu verras !

Qu'a-t-elle voulu dire exactement ?

Mary-Kate

Cher journal,

Après le déjeuner, pendant que nous étions à la piscine, j'ai raconté à Ashley que j'avais perdu mon journal.

— Tu te rends compte si quelqu'un le trouve ! me suis-je lamentée. Il contient des choses très personnelles.

Loin de s'inquiéter, elle a haussé les épaules.

— Tu as dû le laisser tomber au camp de la Barrière de Corail. Et un alligator l'a avalé. Je ne me ferais pas de souci à ta place. Par contre, je me demande si mon programme d'entraînement est bien équilibré... a-t-elle marmonné en mordillant son crayon avant de se pencher sur son bloc-notes pour écrire à toute vitesse.

Inutile de compter sur elle ! Et Phoebe se fichait de mes problèmes, elle aussi. Elle était plongée dans un roman à l'eau de rose, allongée sur une chaise longue. Elle avait mis de grosses lunettes qui lui faisaient une tête d'insecte. Et quand je lui ai rappelé les horreurs que nous avions écrites, elle a juste dit que je dramatisais.

C'est alors que j'ai entendu un bruit dans les buissons, juste derrière nous.

— Qu'est-ce que c'était ?

— Hein ? De quoi tu parles ?

Phoebe n'avait rien remarqué. J'ai scruté les taillis. Personne. J'avais dû me tromper.

J'ai contemplé la piscine par-dessus mes lunettes. Ross, Seth et Justin faisaient des bombes dans le grand bain. Devon exécutait des sauts de carpe du haut du plongeoir, sous le regard admiratif d'Élise et de Cheryl. Dana et Summer sirotaient du thé glacé en feuilletant des magazines de mode.

Jusqu'à présent, personne n'était venu me parler de mon journal. Peut-être l'avais-je effectivement laissé tomber dans les marais. Si quelqu'un l'avait trouvé, il me l'aurait rapporté.

À moins qu'il, ou elle, n'attende son heure pour passer à l'attaque…

Ça me rendait folle. Je ne pouvais pas vivre avec cette menace au-dessus de la tête. Mais qu'est-ce que je pouvais faire ?

6

Jeudi

Mary-Kate

Cher journal,

J'ai finalement trouvé un moyen de savoir si quelqu'un avait récupéré mon journal. En partant du principe que cette personne l'avait forcément lu, j'ai décidé de poser quelques questions subtiles autour de moi pour essayer de l'identifier.

Comme Cheryl mangeait son porridge tout en écrivant des cartes postales, seule à une table, j'ai décidé de commencer par elle. Je me suis assise à ses côtés.

— Salut, Cheryl !

— Salut, Mary-Kate.

— Tu fais ton courrier ?

— Oui, j'écris à ma famille, dans le Connecticut.

J'ai hoché la tête avec un grand sourire, tout en essayant de me remémorer ce que j'avais écrit sur elle dans mon testament. Ah, oui !

Je lègue à Cheryl Miller un exemplaire de La cuisine pour les nuls, *car ses brownies ont un goût de vase…*

Il fallait que j'amène la conversation sur ce sujet. Mais comment ? Je me suis alors aperçue que, sur son porridge, elle avait dessiné un Smiley avec ses myrtilles.

— Que c'est rigolo ! me suis-je exclamée. T'es vraiment douée pour décorer les plats !

Elle m'a jeté un regard bizarre.

— Bof… j'ai juste dessiné un bonhomme avec les myrtilles.

— Et en plus, tu es une excellente cuisinière !

— Moi ?

— Bien sûr ! Tu te souviens de… de ces délicieux brownies que tu as faits pour l'anniversaire d'Élise ? Ils étaient fabuleux !

Elle a rougi de plaisir.

— C'est vrai ?

— Tu avais trouvé la recette dans un livre de cuisine, non ?

Là, je m'engageais sur un terrain glissant. Mais elle a souri.

— Non. Je les ai faits au pif. Tu sais, j'ai mis un peu de tout au hasard, j'ai mélangé, et hop ! au four.

— Mais tu n'avais pas ce nouveau livre de recettes ? Comment s'appelle-t-il déjà ? Ah, oui ! *La cuisine pour les nuls* ?

Le sourire de Cheryl s'est évanoui.

— Qu'est-ce que tu insinues ? Que je ne sais pas cuisiner ?

Oh, non ! En fait d'interrogatoire subtil, j'avais mis les pieds dans le plat !

— Non, non ! Au contraire…

Trop tard. Cheryl avait ramassé son assiette et ses cartes postales et s'était levée.

— Je préfère manger à l'intérieur ! m'a-t-elle jeté.

Ouille !

Je ne suis peut-être pas aussi fine et discrète que je le croyais.

Enfin, je sais au moins que ce n'est pas Cheryl qui a mon journal. Une d'éliminée. Plus que huit !

Ashley

Cher journal,

Nos premiers entraînements ont eu lieu ce matin, après le petit déjeuner. J'avais passé l'après-midi et la soirée d'hier à les organiser. Je piaffais d'impatience.

Tout le monde était réuni autour du filet de volley. Je portais mon nouveau débardeur blanc « Sauvons les lamantins », un short assorti, une visière et un sifflet autour du cou. Bref, une vraie pro !

— Bon, écoutez-moi tous ! Ce matin, je vais procéder aux sélections dans les trois disciplines, ai-je expliqué. Et je vous annoncerai la composition des équipes demain.

Dana a levé la main.

— Tu me prends pour le ski nautique, bien sûr ? a-t-elle demandé d'une voix mielleuse.

— Tu passeras la sélection, comme tout le monde.

Elle m'a fusillée du regard.

— D'autres questions ?

Summer a agité ses doigts.

— Je viens juste de me faire les ongles, alors je ne pourrai pas jouer au volley. Mais tu peux me choisir pour un autre sport.

J'ai soupiré. Être capitaine ne serait pas une mince affaire.

— Désolée, Summer, tout le monde doit passer la sélection dans les trois disciplines.

Jeremy a levé la main à son tour.

— Dis, chef! Combien d'heures d'entraînement tu nous as prévues ?

— Juste le matin, jusqu'à samedi. Le tournoi commence dimanche.

Après quelques précisions supplémentaires, nous avons enfin commencé. J'ai donc testé tout le monde au volley, au ski nautique et au vélo. Angela Velasquez avait fait en sorte que chaque école ait la place et l'équipement nécessaires.

À la fin de la matinée, j'étais en sueur, pleine de sable et mon calepin était couvert de notes. Et j'avais formé mes équipes. Enfin, à un détail près : Dana !

Tu n'imagineras jamais ce qu'elle a fait pendant les tests. Elle voulait tellement être sélectionnée pour le ski nautique qu'elle a joué les nulles en volley et en vélo. Alors que je sais pertinemment, pour l'avoir vue au Chêne blanc, qu'elle excelle dans ces deux sports.

Et le pire, c'est qu'elle n'est pas très douée en ski nautique ! Là, elle n'a pas eu besoin de faire semblant. J'ai été bien meilleure qu'elle.

Et comme je tiens à avoir dans l'équipe Devon, Cheryl et Mary-Kate, mais aussi Summer et Jeremy, il va falloir que je choisisse entre elle et moi !

7

Vendredi

Mary-Kate

Cher journal,

Hier après-midi, après les sélections, nous sommes allés à plusieurs faire du roller à South Miami Beach.

C'était génial ! Imagine une grande piste qui longe la plage, bordée de palmiers et de fleurs tropicales... Et tu sais quoi ? Nous n'y avons croisé que des filles en bikini minuscule et des gars avec des débardeurs moulants !

Phoebe, elle, était fascinée par l'architecture art déco.

Elle m'a montré les hôtels et les immeubles sur Ocean Drive. Je n'ai jamais rien vu de pareil. Il y en a de toutes les couleurs : bleu layette, jaune... Avec des enseignes lumineuses démodées sur lesquelles on voit beaucoup de flamants roses.

— On se croirait dans les années 1930 ! a-t-elle soupiré, émerveillée.

Sauf qu'à cette époque les gens ne devaient pas se balader en bikini et en débardeur !

Ashley avait préféré rester à l'hôtel pour réfléchir à la composition de ses équipes. J'ai remarqué que Ross était à la traîne. Alors j'ai décidé de l'attendre pour pouvoir l'interroger. C'était peut-être lui qui avait mon journal.

J'ai essayé de me souvenir de ce que j'avais écrit à son sujet. Ah, oui !

Je lègue à Ross Lambert un jeu de fléchettes avec la tête de Devon en guise de cible...

— Salut, Ross.

Il n'a pas eu l'air ravi que je lui parle.

— Oh, salut, Mary-Kate. Ça va ?

— Cette piste est géniale, non ?

— Euh... ouais...

— On devrait demander la même entre le Chêne blanc et Harrington, qu'en penses-tu ?

— Pourquoi pas.

Il a ajusté son casque et regardé au loin un bateau à moteur qui fendait les vagues.

Bon, je voulais en avoir le cœur net.

— Et qu'est-ce que tu fais pendant ton temps libre ? En dehors du roller ? Tu as d'autres passe-temps ?

— Hein ? Si j'ai des passe-temps ?

— Oui, collection de timbres, piano ou… ou fléchettes par exemple. Tu as un jeu de fléchettes chez toi ?

Il m'a regardée comme si j'étais tombée sur la tête.

— Oui. J'en ai eu un à Noël.

— C'est vrai ? Et ça t'est déjà arrivé de mettre la photo de quelqu'un dessus ? Quelqu'un que tu n'aimes pas, bien sûr.

— Une photo…

Soudain, ses yeux se sont mis à briller.

— Merci pour l'idée ! Je sais ce que je vais faire de la photo de classe que ta sœur m'a donnée l'année dernière !

Et il m'a plantée là pour aller rejoindre Summer et Dana.

Génial ! Ross m'avait prise en grippe, moi aussi. Décidément, les sœurs Burke n'avaient plus la cote !

Mais je n'allais pas abandonner pour autant. Je suis donc allée tâter discrètement le terrain auprès de Seth et d'Élise.

Et là aussi je me suis plantée. Du coup, j'ai pris une grande décision. Finis les interrogatoires !

Ashley

Cher journal,

Ce matin, j'ai rassemblé mes troupes sur la plage pour annoncer la composition des différentes équipes.

— L'équipe de volley comprendra Dana, Justin, Summer, Ross, Jeremy et Mary-Kate, ai-je lu sur mon bloc-notes.

— J'espère que mes ongles sont secs maintenant, a dit Summer en les contemplant d'un œil inquiet.

— Comme cyclistes, nous aurons Phoebe, Ross, Dana, Élise, Seth et moi, ai-je continué.

J'avais choisi Phoebe parce que c'était le seul sport qu'elle pouvait pratiquer. Ross était le meilleur. Et Élise le maillon faible. Mais elle non plus ne connaissait rien aux deux autres disciplines.

Seth a tapé dans la main de Ross.

— Excellent !

Dana me fusillait du regard. J'ai pris une profonde inspiration.

— L'équipe de ski nautique comprendra Devon, Cheryl, Mary-Kate, Summer, Jeremy. Et moi, ai-je ajouté après avoir pris une nouvelle inspiration.

— Quoi ! a hurlé Dana. Et pourquoi je n'y suis pas ?

— Désolée, Dana. Nous en parlerons plus tard, si tu veux bien.

Elle s'est avancée vers moi, les poings sur les hanches.

— On peut en parler tout de suite ! J'exige des explications !

— Non, Dana, pas maintenant !

J'ai fait celle qui maîtrisait la situation et je me suis tournée vers les autres.

— Bon, écoutez-moi tous ! Le tournoi commence dans deux jours. Nous avons beaucoup à faire. Voilà comment vont se dérouler les entraînements...

Dana était folle de rage. Elle s'est penchée pour chuchoter à l'oreille de Summer qui s'est mise à glousser.

J'ai élevé la voix pour parler d'un ton encore plus assuré.

— Je vais vous répartir en plusieurs groupes.

J'ai envoyé les cyclistes, sans moi, faire plusieurs tours du pâté de maisons. J'ai nommé Mary-Kate responsable de l'équipe de volley. Et je l'ai chargée de leur faire travailler leur service. Puis j'ai demandé à Devon de superviser le ski nautique et d'entraîner l'équipe au saut. J'avais tout organisé à la minute près, pour que ceux qui avaient été sélectionnés dans deux sports puissent s'entraîner à l'un comme à l'autre.

Nous avons tous travaillé avec ardeur pendant les heures qui ont suivi, malgré le soleil qui cognait et le sable brûlant. Je courais d'une équipe à l'autre, sans cesser de surveiller, d'observer, de prendre des notes et de faire des suggestions pour améliorer le rendement de chacun.

Quand je suis allée voir les volleyeurs, Mary-Kate a profité d'une pause pour m'entraîner à l'écart.

— Dana sème la pagaille. Chaque fois qu'on lui passe le ballon, elle l'envoie dehors. Elle nous fait perdre un temps fou !

Je me suis avancée vers Dana qui me regardait d'un sale œil.

— Tu as un problème, Dana ?

Elle a rejeté ses cheveux dans son dos d'un air méprisant.

— Moi, un problème ? Jamais de la vie !

Ross s'est approché d'elle et lui a tapé sur l'épaule.

— Tu ne prends pas la balle sous le bon angle. Laisse-moi te montrer...

Elle a glissé son bras sous le sien avec un regard de triomphe.

— Tu veux bien ? Comme c'est gentil !

Oh, cher journal ! Pourquoi a-t-il fallu que cette peste vienne à Miami ?

Mary-Kate

Cher journal,

Ça va mal. Très mal.

Au point que je me demande si je ne ferais pas mieux de plier bagage et de rentrer me terrer à Chicago !

Finalement, quelqu'un a bien trouvé mon journal.

Cet après-midi, après l'entraînement, je suis montée dans ma chambre prendre une douche. On avait glissé une enveloppe sous ma porte, à mon intention.

C'était une lettre anonyme réalisée avec des mots découpés dans un journal. La voici :

J'ai **TON** *journal.*

Ton *secret* est *bien gardé.*

Mais attends mon prochain message.

Et ne dis rien à personne.

Sinon...

8

Samedi

Ashley

Cher journal,

L'entraînement de ce matin s'est bien déroulé. Sauf que Dana n'est pas venue. Elle a dit qu'elle avait la migraine.

Mary-Kate m'a paru bizarre pendant le ski nautique. Je me demande ce qui lui arrive.

Et le tournoi qui commence demain ! Enfin, je crois que notre équipe est prête. Même Phoebe s'est prise au jeu.

Devon skie vraiment comme un dieu. Mais il me laisse indifférente, maintenant. Je ne me sens plus toute chose quand je le vois. Qu'est-ce que je pouvais bien lui trouver ?

En revanche, j'ai des palpitations dès que j'aperçois Ross. Est-ce que j'arriverai à le reconquérir un jour ?

Une occasion s'est présentée cet après-midi quand Mme Clare nous a emmenés visiter Monkey Jungle.

Cette jungle est en fait un zoo qui n'abrite que des singes, des gorilles, des orangs-outans et autres primates. Et le plus sympa, c'est que ce sont les humains qui sont en cage pendant que les animaux courent en liberté !

Ross observait un groupe de macaques qui se poursuivaient dans un palmier. J'en ai profité pour m'approcher.

— Salut, Ross.

— Salut, Ashley.

Quelle chance ! Il m'avait répondu. Tous les espoirs étaient permis.

— Ils sont drôles ces singes, ai-je remarqué.

— Ouais.

Silence.

— J'espère qu'on va remporter le tournoi, a-t-il repris, après s'être éclairci la gorge.

— Oui, moi aussi.

Il ouvrait la bouche pour dire autre chose, lorsque Dana s'est précipitée sur lui et l'a pris par le bras avec un sourire ravageur. Sa migraine avait tout l'air de s'être envolée !

— Salut, Ross. Viens que je te montre quelque chose !

— Euh, une minute… Je parlais…

— Viens, ça ne prendra qu'une seconde, a-t-elle insisté en se serrant contre lui.

Ross m'a jeté un regard gêné, puis il l'a suivie. Il lui a dit quelque chose et elle a éclaté de rire en renversant la tête en arrière.

Grrr !

Je ne sais pas si Dana aime Ross ou si elle veut juste me faire enrager. Mais en tout cas, ça marche !

Mary-Kate

Cher journal,

Je n'ai pas fermé l'œil de la nuit à cause de cette lettre anonyme. Je n'ai pas cessé d'y penser pendant l'entraînement. Et aussi pendant notre visite à Monkey Jungle.

Quelqu'un a trouvé mon journal. Et ce quelqu'un peut à tout instant révéler ce que j'ai écrit. Tout le monde me haïra à jamais. N'est-ce pas horrible ?

Ce soir, nous avons eu une soirée pizza sur la plage. Avec un coucher de soleil en technicolor. Mais tout ça me coupe l'appétit. J'ai à peine touché à ma pizza fruits de mer-ananas.

Les autres ne parlaient que du tournoi.

— Nous commencerons par le volley, a expliqué Ashley tout en engloutissant une part de pizza crevettes-mangue. Les huit équipes seront divisées en deux groupes. Chaque équipe devra affronter successivement les trois autres.

Pendant que chacun commentait cette information, je me demandais qui pouvait avoir mon journal. Dana ? Non, je l'avais perdu avant qu'elle nous rejoigne. Cheryl ? Jeremy ? Élise ? Summer ? Seth ? Justin ?

La lettre disait : « Attends mon prochain message. » Quand le recevrai-je ? Et que dira-t-il ?

Après le dîner, certains sont retournés au bord de la piscine. Ashley a préféré se promener sur la plage pour réfléchir à sa stratégie.

Moi, je suis montée bouder dans ma chambre.

J'ai attrapé une pile de revues et je me suis allongée sur mon lit. Une légère brise agitait les rideaux. Un croissant de lune brillait dans le ciel.

Je venais juste de commencer un article intitulé : « Savez-vous qui sont réellement vos amis ? » quand j'ai entendu quelqu'un s'approcher de ma chambre.

Je me suis redressée, le cœur battant. Une enveloppe blanche est apparue sous la porte.

Je me suis levée d'un bond et j'ai ouvert la porte d'un coup sec.

Jeremy ! Il était encore accroupi, et il n'avait pas l'air fier !

J'ai ramassé l'enveloppe et je l'ai ouverte. Elle contenait une lettre comme celle de la veille, avec des mots découpés dans un journal. Elle disait :

Achète une douzaine de **beignets**
à la pâtisserie et laisse-*les* derrière
le palmier dans le hall.
Pas un mot à qui que ce soit.

— C'est toi qui as mon journal ! me suis-je écriée.

— Chut !

Jeremy a jeté un regard inquiet autour de lui et m'a poussée dans ma chambre, puis il a refermé la porte derrière lui.

— Tais-toi ! On pourrait t'entendre !

— Jeremy, c'est honteux ce que tu fais ! Tu vas me rendre mon journal tout de suite.

Il m'a décoché un sourire narquois.

— Pas si vite ! Tu dois d'abord me rendre quelques services.

— Des services ? Comment ça ?

J'étais outrée.

— Va déjà me chercher les beignets. On verra le reste après.

— Et si je refuse ?

— Je serai forcé de dire aux autres les gentillesses que tu as écrites sur eux. Voyons voir. Quel passage ai-je préféré ? Ah oui, celui où tu parles de *GuyStyle*.

Il détenait vraiment mon journal. Lui qui avait mis un poisson rouge dans mon verre quand nous avions trois ans ! Et qui m'avait accroché : « Tapez-moi sur les fesses » dans le dos de ma robe, le soir du bal annuel !

— Bon, d'accord, ai-je lâché entre mes dents. Je ferai ce que tu voudras.

Il s'est rengorgé.

— Parfait.

Est-ce que je peux lui faire confiance ? Absolument pas. Il est capable d'exiger tout un tas de faveurs et de me trahir ensuite.

Mais je crois que je n'ai pas le choix !

9

Dimanche

Ashley

Cher journal,

Ça y est ! Le tournoi a commencé !

Nous avons attaqué avec le volley. Quatre filets avaient été tendus. Autour, des douzaines de jeunes s'échauffaient.

Angela Velasquez est montée sur le podium avec un porte-voix.

— Bienvenue à tous ! La compétition de volley va débuter.

— Vive Oakdale ! a crié quelqu'un.

— Alors, voilà comment nous allons procéder, a continué Angela. Les huit écoles sont divisées en deux groupes. Vos capitaines ont les programmes. Si vous êtes dans le groupe un, vous devrez rencontrer successivement les trois autres équipes de votre groupe. Idem pour le groupe deux. À la fin de la journée, nous calculerons qui a obtenu le meilleur score. Que les meilleurs gagnent !

La foule a applaudi. J'ai rassemblé mon équipe et nous nous sommes serrés les uns contre les autres.

— Notre premier match est contre le lycée Teasdale, du Maryland, ai-je annoncé en lisant la feuille qu'Angela m'avait remise. Nous allons les battre ! Souvenez-vous de notre objectif !

— Avoir des entrées gratuites pour le Seaquarium ! a lancé Jeremy.

— Participer à la protection de la nature en Floride, ai-je corrigé. Et méfiez-vous de la rousse. Elle a un service d'enfer. Je l'ai repérée à l'entraînement, hier. Justin, doucement les smashes ! Dana, suis bien la balle des yeux. Bon, eh bien, bonne chance à tous !

Nous avons poussé un grand cri et ils ont couru vers le filet. L'équipe de Teasdale les attendait. Ils avaient l'air sacrément déterminés...

J'ai pris une profonde inspiration et je suis allée m'asseoir pendant que notre équipe se mettait en place. Angela a donné un coup de sifflet et le jeu a commencé.

— Allez-y ! j'ai hurlé.

Ce premier jeu a été angoissant. La rousse avait effectivement un service mortel. Personne dans notre équipe ne pouvait l'égaler.

N'empêche que nous avons fini par remporter la partie. Ross, Summer et Justin étaient en grande forme. Mary-Kate avait l'air un peu déconcentré mais elle a bien joué, elle aussi. Jeremy ne s'en est pas mal sorti non plus.

Mais la meilleure, c'était Dana. Elle s'est vraiment distinguée.

Nous avons perdu la partie suivante d'un cheveu, contre le Cœur Immaculé du Delaware.

À la fin de la journée, nous avons fini en troisième position sur les neuf équipes. J'ai

demandé à Angela ce que ça signifiai[t pour]
le reste du tournoi.

— Pour finir en première position, vous êtes maintenant tenus de remporter deux des trois épreuves : la finale de la compétition de volley demain, le ski nautique mardi, ou la course cycliste mercredi, m'a-t-elle expliqué.

Deux sur trois ! Ben voyons ! Fastoche !

Mary-Kate

Cher journal,

Le cauchemar a commencé.

D'accord, on a joué au volley comme des chefs aujourd'hui. Mais comment veux-tu que j'apprécie cette victoire quand un abruti du nom de Jeremy Burke me fait chanter ?

J'ai vite découvert ce qu'il entendait par « quelques services ». Il veut faire de moi son esclave !

Après le volley, il m'a demandé d'aller lui chercher une serviette. Puis un verre de thé glacé. Et ensuite une paille en spirale pour le boire.

Au dîner, il s'est complètement lâché. Mme Clare avait organisé un grand pique-nique à Egret Point, au bout de la plage de l'hôtel. Jeremy n'a pas arrêté de me donner des ordres.

« Va me chercher encore une assiette, Mary-Kate ». « J'ai soif, Mary-Kate. » « Tu n'as pas mis assez de beurre sur le maïs, Mary-Kate. »

Quand Ashley m'a vue apporter une autre assiette de salade de pommes de terre à Jeremy, elle a foncé dans ma direction et m'a tapé sur l'épaule.

— Qu'est-ce qui t'arrive ? Pourquoi tu t'occupes de Jeremy ?

— Pour être gentille. C'est notre cousin, un membre de notre famille. Où est le problème ?

— Quoi ? Aurais-tu oublié le jour où il a remplacé ton shampooing par du sirop d'érable ? Ou les lettres anonymes qu'il t'a envoyées pour te dire que tu puais du bec ?

J'ai plaqué ma main sur ma bouche.

— Oh, c'est vrai ?

— Non, tu n'as jamais eu mauvaise haleine, a soupiré Ashley. La question n'est pas là. Mais Jeremy nous persécute depuis que nous sommes nées. Alors je ne comprends pas ton attitude.

J'ai haussé les épaules.

Elle m'a observée en plissant les yeux.

— Tu es sûre que tu te sens bien ? C'est encore ton histoire de journal qui te préoccupe ?

— Chut ! Pas un mot là-dessus ! ai-je murmuré en l'attrapant par le bras.

J'ai jeté un regard inquiet à Jeremy. Il m'avait recommandé de ne parler à personne de mon journal. Heureusement, il était bien trop occupé à se goinfrer de palourdes pour s'intéresser à moi.

Il a levé la tête à ce moment-là. Et il a vu que je le regardais.

— Hé, Mary-Kate ! a-t-il hurlé, la bouche pleine. Elle arrive, cette deuxième assiette ! Et ma limonade ? Tu ne l'aurais pas oubliée, par hasard ?

— Désolée, Jeremy. Je t'apporte ça tout de suite !

J'ai serré les dents en priant le ciel pour qu'il y ait une palourde avariée dans son assiette.

— Non, mais t'es tombée sur la tête ! s'est écriée Ashley.

— Fais-moi confiance, ai-je soupiré. Je sais ce que je fais.

10

Lundi

Mary-Kate

Cher journal,

Après le dîner, hier soir, Jeremy m'a demandé de laver à la main ses chaussettes porte-bonheur afin qu'elles soient sèches à temps pour la finale de volley. Et ce matin, il m'a téléphoné aux aurores.

Ashley a enfoui la tête sous les draps en poussant un grognement.

— Allez, debout ! m'a-t-il dit quand j'ai décroché.

— Quelle heure est-il ?

— C'est l'heure de m'apporter mon petit déjeuner ! Tu veux bien appeler le service d'étage pour moi, Mary-Kate ? Voyons, je vais prendre trois œufs pochés, du bacon, une saucisse et un yaourt. Il me faut beaucoup de protéines si je veux être en forme pour le match.

— Quitte pas. (Je me suis penchée vers la table de nuit pour prendre un papier et un stylo.) Tu aurais pu les appeler toi-même.

— Quoi, Mary-Kate ? Je n'ai pas bien entendu.

— Rien.

— Au fait, où sont mes chaussettes porte-bonheur ?

— Elles sont presque sèches. C'est tout ?

— Ouais, mais j'aimerais que tu fasses un effort. Je te trouve un peu râleuse, ce matin, et ça me plaît pas.

— Je vais faire un effort ! ai-je répondu avant de raccrocher d'un coup sec.

Ashley a sorti la tête de sous les draps.

— Qui c'était ?

— Personne. Une erreur de numéro.

Elle m'a dévisagée d'un air soupçonneux.

— Eh bien, j'espère qu'il n'y en aura pas d'autre. J'aimerais bien dormir, moi.

J'ai tiré le téléphone jusqu'à la salle de bains, pour qu'elle ne m'entende pas, et j'ai passé la commande au service d'étage. Les affreuses chaussettes de Jeremy pendaient sur le porte-serviettes. Je les ai touchées du bout des doigts. Elles étaient sèches.

Oh, cher journal, comment ai-je pu tomber si bas ? Je me suis dit que je ferais peut-être mieux d'envoyer balader Jeremy, quitte à ce qu'il me trahisse auprès de mes amis. Ce ne serait pas pire que d'être son esclave vingt-quatre heures sur vingt-quatre !

Non, après toutes les méchancetés que j'avais écrites, j'étais coincée. Je devais à tout prix empêcher Jeremy de parler.

Les demi-finales de volley démarraient à neuf heures. Les quatre meilleures équipes de la veille étaient en lice. Comme nous étions les troisièmes, c'est nous qui ouvrions le jeu, face au collège Oakdale, de Caroline du Sud.

— Hé, Mary-Kate ! m'a lancé Jeremy juste avant le début du jeu. J'aimerais que tu me fasses une petite faveur.

— Laquelle? ai-je grogné entre mes dents.

— Chaque fois que tu auras la balle, tu me la passeras, d'accord?

— T'es fou! Ashley en fera une attaque!

Il a plissé les yeux.

— Très bien. Voyons voir. Où est Summer? Je suis sûre qu'elle sera ravie d'apprendre ce que tu lui as légué, dans ton testament. Et aussi...

— D'accord, d'accord. Je te passerai la balle, ai-je promis de mauvaise grâce.

J'étais prise au piège.

Ashley

Cher journal,

Ma sœur aurait-elle perdu la tête?

Pendant le match contre Oaksdale, ce matin, elle n'a pas arrêté de faire des passes à Jeremy. Et chaque fois qu'il a marqué un point, ce clown s'est trémoussé devant l'équipe adverse en criant: « Ça vous épate, patates! » Du Jeremy tout craché. En revanche, Mary-Kate ne se comportait pas comme d'habitude.

Je l'ai prise à l'écart pendant une pause.

— Qu'est-ce qui t'arrive ?

— Que veux-tu dire ? a-t-elle fait d'un air innocent.

— Je pourrais savoir pourquoi tu passes toutes les balles à notre cher cousin ?

— J'essaie juste de mettre mes coéquipiers en valeur et de ne pas monopoliser le ballon.

— Tes coéquipiers ? Mais tu n'en as que pour Jeremy !

— Et on gagne, non ?

— Eh bien, à partir de maintenant, passe la balle à quelqu'un d'autre, d'accord ? Ou smashe toi-même ! C'est un ordre !

Je ne sais pas si j'ai rêvé, mais Mary-Kate m'a jeté un regard paniqué. Puis elle s'est précipitée vers Jeremy pour lui parler à voix basse. Qu'est-ce qu'ils mijotent, ces deux-là ?

Heureusement, ça ne nous a pas empêchés de nous qualifier pour la finale !

Nous avons ensuite affronté une école super-costaud, Coate Academy, du Connecticut. Rien que des balèzes d'au moins un mètre quatre-vingts, même les filles. Et comme c'était la finale, toutes les autres écoles assistaient à la rencontre. Tu parles d'une pression !

Le score a été serré tout le long du match. Et nous avons eu un nouveau problème. Cette fois, il ne venait pas de Jeremy mais de Dana qui sautait devant les autres joueurs pour avoir la balle.

J'ai demandé un break.

— Dana, j'apprécie beaucoup ton ardeur mais il faudrait que tu restes à ta place et que tu laisses un peu la balle aux autres.

Elle a rejeté ses cheveux en arrière d'un geste furieux.

— Pourquoi ?

— Parce que nous sommes une équipe. Tu dois laisser tes coéquipiers jouer.

— N'importe quoi ! m'a-t-elle jeté, folle de rage.

Le jeu a repris. Nous n'avions qu'un point de retard. Si Coate remportait le point suivant, ils remportaient le match. Ce n'était pas le moment de flancher.

C'était à Coate de servir. Ross s'est jeté à genoux pour récupérer le ballon, et l'a passé à Jeremy qui l'a smashé. Un gars en face l'a renvoyé, mais il était mal placé et le ballon est revenu vers nous, au ralenti. Il était servi sur un plateau. Et il se dirigeait droit vers Dana. Elle n'avait plus qu'à se déplacer un peu sur la gauche et c'était dans la poche !

Mais Dana n'a pas bougé. Même pas d'un millimètre. Le ballon a atterri à ses pieds et a roulé sur le sable.

— Nous avons gagné ! a crié quelqu'un dans l'équipe adverse.

Les applaudissements ont éclaté.

Dana s'est retournée vers moi et m'a fixée droit dans les yeux.

— Tu m'avais bien dit de rester à ma place, non ? a-t-elle ricané en haussant les épaules.

J'ai failli tomber à la renverse !

Elle l'avait fait exprès !

11

Encore lundi

Ashley

Cher journal,

Je voudrais ajouter quelque chose parce que c'est vraiment une journée pourrie de chez pourri !

Inutile de te dire qu'au dîner, je n'étais pas remise du coup que m'avait fait Dana. Si elle voulait me faire enrager, elle avait réussi !

Pourtant j'avais décidé de l'ignorer. D'ailleurs, je ne vois pas ce que j'aurais pu lui dire !

Et c'est là qu'elle est arrivée à ma table en se pavanant. Je mangeais des hot-dogs et de la salade de chou en compagnie de Mary-Kate et Phoebe.

— Salut, les filles, nous a-t-elle lancé gaiement, avec un petit air encore plus satisfait que d'habitude. Quel beau match, Mary-Kate ! Dommage qu'on ait perdu !

— Oui, on a bien failli gagner, a remarqué distraitement Mary-Kate qui arrosait sa saucisse de moutarde et en mettait partout.

— Demain sera un autre jour, a soupiré Phoebe.

— Tu ferais bien de travailler ta défense, Mary-Kate, a continué Dana. On aurait gagné si tu n'avais pas fait tant de passes à Jeremy.

Mary-Kate a failli s'étrangler.

— Quoi ! ai-je hurlé, au bord de l'apoplexie. Si nous avons perdu, c'est à cause de toi, Dana ! Tu as fait exprès de rater la dernière balle. Tu sais, celle qui était servie sur un plateau !

Dana a éclaté de rire.

— Je n'y suis pour rien ! C'est toi qui m'as ordonné de rester à ma place !

— Ce n'est pas ce que je voulais dire et tu le sais très bien ! Tout le monde t'a vue rater ce ballon. Et tout le monde sait pourquoi. Tu m'en veux depuis que j'ai été élue capitaine de l'équipe. Tu es jalouse !

Dans ma colère, j'avais haussé le ton. Et le malheur a voulu que Ross m'entende. Il s'est approché de moi, très contrarié.

— Ashley, tu ne crois pas que tu es injuste ? Dana n'y est pour rien si on a perdu le match. Ce sont des choses qui arrivent.

— Oh, merci, Ross ! a pleurniché Dana en lui pressant la main. Heureusement que tu es là pour me défendre.

Et elle a fait semblant d'essuyer une larme.

Quelle comédienne !

— Mais, Ross… ai-je voulu protester.

— Tu n'as pas le droit de reprocher à un joueur d'avoir raté une balle, m'a-t-il coupée.

J'en avais assez entendu. J'ai repoussé ma chaise et je me suis levée.

— Tu ne sais même pas ce qui s'est passé ! ai-je explosé. C'est Dana qui fait des histoires et toi tu la défends. Décidément, vous êtes faits l'un pour l'autre !

Et sur ces mots, je me suis enfuie. Je ne voulais pas qu'on voie que, moi, j'avais vraiment les larmes aux yeux.

Mary-Kate

Cher journal,

Pauvre Ashley ! Elle s'est disputée avec Dana au sujet du match de volley et cette sale peste s'est débrouillée pour que Ross prenne sa défense. Ashley a eu un tel chagrin qu'elle est partie en courant.

Je me suis levée pour la rattraper. Et devine qui m'a interceptée ?

— Mary-Kate ! a fait Jeremy depuis sa table. Je voudrais que tu me rendes un service.

— Pas maintenant, Jeremy ! Ashley a besoin de moi.

— Mais je passe avant elle. Aurais-tu oublié notre accord ?

Je me suis forcée à faire demi-tour.

— Quoi ? Qu'est-ce que tu veux encore ?

— Je n'arrive pas à jouer à la Gameboy et à manger en même temps. Tu pourrais me tenir mon hot-dog pour que je puisse continuer ma partie.

— Pas question !

— Tu es sûre que cette réponse est la bonne, Mary-Kate ?

Je me suis assise à côté de lui en serrant les dents. Et je lui ai tendu son hot-dog pour qu'il morde dedans.

À la table à côté, Élise, Cheryl et Summer n'ont rien perdu de la scène. Élise a chuchoté quelque chose aux deux autres et elles ont éclaté de rire.

— J'aimerais que tu montres davantage d'entrain, a remarqué Jeremy tout en s'acharnant sur son jeu.

C'était le comble de l'humiliation : nourrir Jeremy pendant que tout le monde me regardait !

J'avais touché le fond. Il était temps de réagir !

12

Mardi

Ashley

Cher journal,

Quand je me suis réveillée ce matin, la première chose que j'ai pensée c'est : « Heureusement que Dana ne fait pas partie de l'équipe de ski nautique. Elle ne risquera pas de saboter l'épreuve. »

Eh bien, figure-toi que je me trompais !

L'épreuve de ski se décompose en trois parties : les sauts, les figures et le slalom. Après le petit-déjeuner, dix minutes avant le début des sauts, Summer est arrivée en courant, visiblement paniquée.

— J'ai une mauvaise nouvelle !

— Tu t'es cassé un ongle ?

— C'est vrai ?

Elle a contemplé ses mains avec angoisse.

— Non, je plaisantais… Que se passe-t-il, Summer ?

— Cheryl vient de tomber dans l'escalier. Elle s'est foulé le poignet !

— Et c'est grave ?

Summer a fait la grimace.

— Il est tout bleu et tout enflé. Mme Clare a emmené Cheryl chez le médecin.

Je réfléchis à cent à l'heure. Cheryl faisait partie de l'équipe de ski nautique. Sans elle, il nous manquait une personne. Je devais absolument la remplacer. Et vite !

Je n'avais pas le choix. La seule qui pouvait nous sauver, c'était Dana !

Et non seulement elle skiait comme un pied, mais elle avait juré de me pourrir la vie !

Quand je lui ai proposé de remplacer Cheryl, inutile de dire qu'elle l'a pris de haut.

— Alors maintenant tu me supplies de faire du ski nautique ?!

J'ai dû me mordre la langue pour ne pas lui hurler dessus.

— Allez, supplie-moi encore, a-t-elle renchéri.

J'ai pris une profonde inspiration et compté jusqu'à dix. Pense à l'équipe, me suis-je raisonnée. Pense aux lamantins. Pense à tout l'argent qui ira au fonds de préservation de la nature.

— Je t'en prie, Dana, nous avons vraiment besoin de toi, ai-je dit de ma voix la plus suave. Ça te va ?

— Bon, d'accord, si tu insistes.

Et elle a couru se mettre en maillot de bain.

Pendant que nous l'attendions, Devon s'est approché de moi.

— Que se passe-t-il ? Il paraît que Cheryl s'est fait mal.

— Oui, et Dana prend sa place.

Je ne devais pas avoir l'air ravie car il m'a demandé :

— Qu'est-ce qui t'inquiète ? Elle sait faire du ski nautique, non ?

— Si on veut.

— Alors où est le problème ?

Je lui ai dit que j'avais peur qu'elle sabote l'épreuve comme elle avait saboté le match de volley, hier.

Il a hoché la tête d'un air entendu.

— Pas de souci, je m'en charge !

— Ah bon, et comment ?

— Fais-moi confiance.

Dana est revenue quelques minutes plus tard dans un maillot noir.

— Voilà, je suis prête !

Devon s'est approché d'elle avec un grand sourire.

— Dis, donc, Dana. Combien on parie que je te bats au saut, aux figures et au slalom !

Elle a éclaté de rire.

— Quoi ! Tu rêves ! C'est moi qui vais te flanquer la pâtée. Tu vas voir ça. Qu'est-ce qu'on parie ?

— Le dernier CD de 4-You.

J'ai failli crier. Devon détestait 4-You !

— Chouette, je ne l'ai pas encore ! s'est exclamée Dana. Marché conclu !

Devon m'a décoché un grand sourire tandis que nous prenions nos skis avant d'aller rejoindre les autres écoles. Je lui ai rendu son sourire du fond du cœur. Quelle importance s'il n'aime ni 4-You ni la glace à la menthe et aux pépites de chocolat ? Aujourd'hui, c'est mon héros.

Mary-Kate

Cher journal,

Tu ne devineras jamais ! Nous avons fini premiers en ski nautique ! Le Chêne blanc et Harrington sont les meilleurs !

L'équipe entière a réalisé des performances époustouflantes en sauts, en figures et au slalom. Même Dana était dans une forme éblouissante. Je me demande ce qui lui a pris. On aurait cru qu'elle volait sur les vagues.

Ashley était folle de joie. Elle a dit qu'il ne nous restait plus qu'à remporter la course cycliste, demain, pour qu'on finisse en première position et qu'on aille à Seaquarium !

Moi aussi, j'étais euphorique. Jusqu'au moment où Jeremy m'a tendu ses skis et sa combinaison toute dégoulinante…

— Tu peux me porter ça, Mary-Kate ? Je dois aller à la boutique de l'hôtel acheter des cartes postales. Tu n'as qu'à me retrouver dans ma chambre. J'aurais quelques petites choses à te dicter.

— À me dicter ? ai-je répété, sidérée. Comment ça ?

— Mes cartes postales. Mes parents font la tête si je ne leur écris pas tous les jours. Je te dicterai et tu n'auras qu'à écrire.

— Très bien, ai-je répondu en grinçant des dents.

J'ai déposé ses skis et sa combinaison au vestiaire puis je suis montée dans sa chambre. J'allais frapper lorsque Justin, qui partage la chambre de Jeremy, a ouvert la porte. Il a souri en me voyant.

— Oui ? Qu'est-ce que tu veux ?

— Jeremy est là ?

— Non, mais tu n'as qu'à l'attendre ici. Je descends dans le hall chercher une boisson. Tu veux quelque chose ?

— Non, merci.

Il est parti. Je suis entrée dans la chambre et j'ai refermé la porte.

Et à ce moment-là, j'ai su comment j'allais me sortir de ce pétrin. Sans perdre une seconde, je me suis mise à fouiller dans les affaires de Jeremy.

Il avait bien dû cacher mon journal quelque part. Et si je le récupérais, fini le chantage. Jeremy pourrait toujours répéter ce que j'avais écrit, sans preuve, personne ne le croirait.

J'ai retourné sa valise, son sac à dos, son linge sale. J'ai cherché sous son lit, dans les tiroirs de la commode et dans les moindres recoins.

Aucune trace de mon journal !

J'étais sur le point d'abandonner lorsque j'ai senti quelque chose sous son oreiller. C'était bien un journal ! Mais pas le mien ! Il y avait écrit sur la couverture : L'EXCELLENT JOURNAL DE JEREMY BURKE.

Sauvée !

13

Mercredi

Ashley

Cher journal,

Ce matin, je me suis réveillée avec des sueurs froides.

C'était le grand jour. Le jour où nous devions remporter le tournoi.

Le soleil filtrait à travers les rideaux. Mary-Kate dormait encore, mais d'un sommeil agité. Elle n'arrêtait pas de marmonner sous ses draps.

— Heu ? Jeremy ? Tes chaussettes sont presque sèches. Qu'est-ce que tu veux ? Des œufs au plat ou une omelette ?

Je suis allée la secouer.

— Mary-Kate, réveille-toi ! Tu fais un cauchemar.

Elle a ouvert les yeux.

— Oh, c'est toi, Ashley ? Bonjour ! C'est déjà l'heure de se lever ?

Je l'ai regardée fixement.

— Bon, ton cirque a assez duré. Maintenant tu craches le morceau. Que se passe-t-il entre Jeremy et toi ?

J'ai eu l'impression qu'elle avait peur.

— Qu'est-ce que tu veux dire ?

— Tu as une conduite plutôt bizarre depuis quelques jours. Tu lui apportes ses repas et il paraît même que tu lui donnes la becquée et que tu fais ses lessives. En plus, tu l'as carrément favorisé au volley. Qu'est-ce qui t'arrive ?

Elle a poussé un soupir déchirant.

— D'accord, je vais tout te dire. Mais tu me promets de ne le répéter à personne. Surtout pas à Jeremy !

J'ai levé la main droite.

— Je le jure. Parole de jumelle.

Elle a soupiré de nouveau.

— Quand nous nous sommes perdues dans les marais avec Phoebe, nous pensions y rester. Alors nous avons décidé d'écrire nos dernières volontés et nous avons légué nos biens à nos amis.

— Bonjour l'ambiance !

— En fait, ça a vite tourné à la plaisanterie. On s'est même mises à écrire des vacheries sur tout le monde. Tu te souviens, quand je t'ai dit que j'avais perdu mon journal au camp ?

— Euh, oui…

— Eh bien, c'est Jeremy qui l'a récupéré ! Et il me fait chanter !

— Quoi !

— Il m'a menacée de tout raconter aux autres si je ne faisais pas tout ce qu'il voulait.

J'ai levé les yeux au ciel.

— Punaise ! Tout s'explique !

— Mais figure-toi que j'ai trouvé son journal à lui, a-t-elle continué, les yeux brillants. Et j'ai l'intention de m'en servir pour récupérer le mien.

— Tu as bien raison !

Mary-Kate était soulagée d'avoir vidé son sac. Je l'ai serrée dans mes bras en lui assurant que tout allait s'arranger.

Mais je devais d'abord me préparer pour la course cycliste !

Je me suis habillée en vitesse et je suis descendue. Après un rapide petit déjeuner, je me suis rendue au point de départ. Pendant que je m'échauffais, le reste de mon équipe est arrivé : Phoebe, Ross, Dana, Élise et Seth.

J'ai cru voir Ross m'observer à la dérobée. Était-ce à cause de mon nouveau débardeur « Sauvons les lamantins » ? Quoi qu'il en soit, ça m'a fait chaud au cœur. À ce moment-là, Dana est venue lui demander de vérifier les pneus de sa bicyclette et j'ai décidé de me concentrer sur la course.

Les autres équipes arrivaient. Angela a annoncé que la compétition commencerait dans quelques minutes. J'ai réuni mes coéquipiers pour les stimuler une dernière fois.

— Bon, si on gagne cette épreuve, à nous la récompense ! Alors, donnez-vous à fond ! On va y arriver !

Nous nous sommes séparés en poussant de grands cris. Puis nous avons mis nos casques, enfourché nos vélos et nous nous sommes mis sur la ligne de départ.

— À vos marques, prêts… PARTEZ !

Angela a donné un coup de sifflet. Nous nous sommes tous élancés.

Un petit vent salé me soulevait les cheveux. J'entendais des cliquettements de chaînes et des bruissements de pneus tout autour de moi. Je me concentrais sur mes jambes et je pédalais de toutes mes forces.

Le circuit longeait la plage, puis traversait un grand parc avant de revenir au point de départ. Des gens nous encourageaient sur le trajet. Des mouettes tournoyaient au-dessus de nos têtes.

Au neuvième kilomètre, Phoebe, Ross, Élise et Seth étaient en tête avec une demi-douzaine de concurrents des autres écoles. Je me trouvais dans le peloton du milieu et Dana se traînait derrière. Le faisait-elle exprès ? Je pédalais encore plus fort, pour essayer de compenser. À la fin de la course, l'équipe qui aurait réalisé le temps le plus court serait déclarée gagnante.

J'ai enfin aperçu la ligne d'arrivée. Et à ce moment-là, ma roue a heurté un caillou. Et j'ai fait le vol plané du siècle.

J'ai entendu des vélos qui me rasaient. Et quand j'ai essayé de me relever, une douleur m'a vrillé la cheville. J'en avais les larmes aux yeux. Mon Dieu ! Et si je n'arrivais pas à terminer la course ?

Un vélo s'est arrêté à côté de moi. J'ai levé la tête... et qui j'ai vu ? Dana ! Elle a hésité comme si elle réfléchissait à ce qu'elle devait faire. Puis elle est descendue et a couru vers moi.

— Ça ne va pas, Ashley ? Tu t'es fait mal ?

— Je... je crois que je me suis foulé la cheville.

— Essaie de te relever.

Elle m'a tirée par la main. J'ai posé le pied par terre. C'était douloureux mais supportable.

— Tu te sens capable de finir ?

— Je ne sais pas.

— Viens, on va essayer.

Elle m'a passé un bras autour de la taille et m'a aidée à remonter en selle.

— Doucement, maintenant. Pédale juste avec ta bonne jambe, ça devrait aller.

J'ai fait ce qu'elle disait. Et c'est ainsi que nous avons franchi la ligne d'arrivée, côte à côte.

Les autres se sont rués sur nous.

— Tu es blessée, Ashley ? s'est inquiétée Phoebe.

— Dana, tu lui as sauvé la vie ! s'est exclamée Summer.

— Oh, ce n'est rien, a répondu Dana avec un grand sourire. Je fais ça tous les jours.

Elle était ravie d'être le centre d'attraction. Elle a toujours adoré ça. Mais je ne peux pas lui en vouloir, non ? Elle m'a vraiment sauvé la vie !

Et par la même occasion, elle a sauvé la course !

— C'est l'équipe Chêne blanc-Harrington qui remporte l'épreuve, a en effet annoncé Angela, après avoir additionné les temps de chaque équipe. Ils ont donc gagné le tournoi !

Nous nous sommes jetés les uns sur les autres en hurlant de joie : Ross, Phoebe, Seth, Élise, Dana et moi. Mary-Kate, Cheryl et les autres sont venus nous rejoindre en courant.

— On a gagné ! On a gagné !

J'avais toujours mal à la cheville mais je nageais dans le bonheur. À nous Seaquarium ! Et tout ça grâce à Dana ! C'est incroyable, non ?

Mary-Kate

Cher journal,

Tu ne devineras jamais ! Je me préparais pour la grande fête de la victoire, sur la plage, et je voulais mettre mes boucles d'oreilles préférées. Tu sais, les roses avec un petit cœur en cristal qu'Ashley m'a offertes, l'an dernier, pour mon anniversaire. Et il m'en manquait une.

J'ai tout retourné. Impossible de la trouver.

J'ai décidé de regarder dans ma valise. J'ai passé ma main sur la doublure au cas où elle se serait glissée dessous. Bingo ! Elle était là ! Et devine ce que j'ai trouvé d'autre ! Mon journal !

Et soudain, la colère m'est montée au nez !

Ça voulait dire que Jeremy n'avait jamais eu mon journal ! Il avait tout inventé pour me faire chanter !

Je réfléchis à la vitesse de la lumière. Le mercredi, au bord de la piscine, quand j'avais confié à Phoebe que j'avais perdu mon journal, j'avais entendu du bruit, dans les buissons, derrière nous. Ça devait être Jeremy qui nous espionnait !

Et quarante-huit heures plus tard, il m'envoyait sa première lettre anonyme !

J'ai aperçu, par la fenêtre, Angela et Mme Clare qui allumaient un feu de camp pour la soirée, sur la plage.

Je me suis frotté les mains.

— À nous deux, Jeremy. Tu vas me payer ça !

14

Jeudi

Ashley

Cher journal,

La vie est belle ! Non, que dis-je ! La vie est fabuleuse !

Nous avons fêté notre victoire, ce soir. Il y avait un feu de camp, un barbecue, de la musique et nous avons dansé sur la plage. Enfin, pas moi. J'ai la cheville bandée.

— Nous sommes des accidentés du sport, a dit Cheryl qui, elle, a le poignet immobilisé.

— Oui, mais ça en valait la peine ! Nous avons gagné ! ai-je répondu.

Nous nous sommes tapé dans les mains en éclatant de rire.

À ma grande surprise, j'ai alors vu Ross s'approcher.

— Tiens, salut !

— Salut, Ashley.

Il s'est assis à côté de moi sur la couverture. Cheryl a déclaré qu'elle allait chercher un dessert et s'est éclipsée.

— Comment ça va ? ai-je demandé.

Ross a haussé les épaules.

— Ça va.

J'avais l'impression qu'il voulait me dire quelque chose. Je lui ai souri et j'ai attendu.

— Écoute. Je sais que tout le monde considère Dana comme un héros parce qu'elle t'a aidée et tout ça... Mais je voulais te dire... c'est toi la véritable star. Et tu as été merveilleuse comme capitaine. Sans toi, on n'aurait jamais gagné.

Je me suis sentie rougir. Je jubilais.

— Merci, Ross.

— Il n'y a pas de quoi. Et comment va ta cheville ?

— Déjà mieux. Ça ne devait pas être très grave.

— Fais voir.

Il s'est penché pour tâter sous la bande.

— Oui, ça n'a pas l'air trop sérieux.

J'avais du mal à réfléchir avec ses mains sur ma cheville. Et encore plus à parler.

Ross a reposé doucement ma jambe et a plongé ses yeux dans les miens.

— Ashley, tu m'as manqué…

— Toi aussi, tu m'as manqué, ai-je aussitôt répondu.

Il m'a prise dans ses bras. Je me suis sentie fondre. Nous étions réconciliés !

Nous avons passé le reste de la soirée à parler, main dans la main. Nous avions tant de jours à rattraper. J'ai même dansé avec lui un slow en boitillant.

Je t'avais bien dit que la vie était fabuleuse !

Mary-Kate

Cher journal,

Jeremy n'a rien vu venir.

Pendant la soirée, tout ce qu'il m'a demandé, je l'ai fait de travers.

— Mary-Kate, c'est une boisson au gingembre que je voulais, pas du punch !

— Quoi ? Oh, pardon, Jeremy !

— Et où sont mes grillades ?

— Hein ? Une minute, d'accord ? Je suis occupée.

Au bout d'une heure, il a explosé.

— Que se passe-t-il ? Si tu ne fais pas un effort, je vais lire ton journal devant tout le monde !

— Je suis désolée. Ça ne se reproduira plus.

Pendant que nous faisions griller des chamallows au-dessus du feu, Ashley s'est avancée, armée du porte-voix d'Angela.

— Un discours ! Un discours ! se sont mis à hurler Seth et Justin.

Nous avons tous applaudi.

— Je tenais à vous remercier du fond du cœur. Vous avez été une super-équipe ! a dit Ashley.

Nouveaux applaudissements de la foule en délire.

— Et en récompense de vos efforts et de votre enthousiasme, nos sponsors verseront mille dollars à l'Organisation mondiale de préservation de la nature. En plus, nous sommes tous invités vendredi à Seaquarium pour passer un grand moment avec les lamantins et les dauphins !

Là, nous lui avons fait une ovation.

— Voilà. C'est tout. Quelqu'un d'autre veut prendre la parole ? a-t-elle demandé en agitant le porte-voix.

Ross s'est levé pour remercier Mme Clare.

J'ai sorti doucement le journal de Jeremy de mon sac. Je l'ai ouvert au milieu et je me suis penchée vers lui.

— Qu'en penses-tu, Jeremy ? ai-je chuchoté. J'aimerais lire un extrait de ton excellent journal ? Tiens, écoute. Que dis-tu de ça ? « Cher journal, je crois que mon stupide coup de foudre pour Dana Woletsky est enfin passé. Quoique... Crois-tu que je devrais l'inviter au bal annuel de l'école ? J'ai peur qu'elle ne m'en veuille d'être le cousin d'Ashley et de Mary-Kate. Je devrais peut-être mettre mes chaussettes porte-bonheur pour assurer le coup. »

Il s'est jeté sur moi.

— Donne-moi ça !

— Tu n'as jamais eu mon journal, n'est-ce pas ? Tu as de la chance que je n'aie pas donné le tien à Phoebe ! Elle aurait pu le publier dans *Le Roseau* !

Il m'a arraché son cahier des mains et s'est enfui, rouge comme une tomate.

Justice était faite. Quel pied !

15

Vendredi

Ashley

Cher journal,

Aujourd'hui, nous sommes allés au Seaquarium. C'était dément !

Nous avons vu toutes sortes de poissons tropicaux. Nous avons assisté au repas des requins. Nous sommes passés devant des pastenagues et des barracudas. Nous avons même touché des étoiles de mer, des concombres de mer et des bernard-l'ermite ! Beurk !

Nous avons été reçus comme des rois, nous, les douze élèves et bien sûr Mme Clare. Notre guide, Tico, nous a montré un film sur l'écologie de la Floride. Puis il nous a raconté des anecdotes sur les animaux marins.

Ross ne m'a pas quittée d'une semelle. Main dans la main, nous avons parlé de nos projets pour la suite de l'été.

— Tu vas me manquer, m'a-t-il dit.

— Toi aussi, tu me manqueras. On n'aura qu'à s'envoyer des mails un jour sur deux !

— Excellente idée ! Et je demanderai à mes parents la permission d'aller rendre visite à mon cousin, à Chicago.

— Ce serait génial !

À la fin de la journée, nous nous sommes mis en maillot de bain pour nager avec les dauphins. L'un d'eux m'a même embrassée sur le nez !

Mais le moment que j'ai préféré, c'est quand nous avons fait connaissance avec le bébé lamantin. Une petite femelle à la peau toute douce, entièrement marron, avec une tête adorable, un peu comme celle d'un morse. Son énorme mère voulait absolument l'entraîner sous l'eau. Mais elle remontait chaque fois pour nous observer avec ses grands yeux.

— Alors comment voulez-vous qu'on l'appelle ? nous a demandé Tico, notre guide. Cela fait partie de votre récompense : vous devez lui trouver un nom.

— Que diriez-vous d'Emily Dickinson ? a suggéré Phoebe, grande admiratrice de cette poétesse.

— Ou Peluche ? a proposé Summer.

— Ou Dana ? a dit Dana.

J'ai levé la main.

— Pourquoi pas Victoire ?

Tout le monde a approuvé.

— Va pour Victoire ! a dit Tico en se tournant vers le bébé lamantin avec un grand sourire. Bienvenue parmi nous, Victoire !

Victoire nous a regardés en clignant des yeux puis elle nous a éclaboussés. J'ai pressé la main de Ross. C'étaient les meilleures vacances de ma vie !

Mary-Kate

Cher journal,

Hier soir, j'ai décidé de jeter les pages contenant nos dernières volontés au feu. C'était trop dangereux de les garder.

Et là, je commence un journal tout neuf. J'ai acheté au Seaquarium un cahier super-cool avec une photo de lamantins en couverture. Le moment est venu de prendre un nouveau départ !

Quelle leçon y a-t-il à tirer de cette mésaventure ? N'écrivez jamais de méchancetés sur vos amis. Même si vous ne risquez pas de perdre votre journal.

Ashley fait sa valise. Elle est ennuyée parce qu'elle n'arrive pas à la fermer. Elle a encore acheté trop de souvenirs !

Nous prenons l'avion pour Chicago très tôt, demain matin. J'ai hâte de retrouver Papa et nos amis !

Néanmoins je regretterai Miami et les lamantins. Et aussi tous les copains qui ont partagé ces vacances avec nous. Nous ne les reverrons qu'à la rentrée.

Je me demande ce que l'année prochaine nous réserve. Après ces quatre semaines en Floride, le New Hampshire risque de nous paraître bigrement civilisé…

Dans la même collection

mary-kate olsen **ashley** olsen

Les jumelles s'en mêlent

1. Une baby-sitter, non merci !
2. Échec et maths
3. Poker menteuse
4. Sœur contre sœur
5. Espionnes en herbe
6. Super mannequins
7. Une amie de trop
8. Deux fêtes à la maison
9. Coucou, les garçons !
10. Que la meilleure gagne !
11. Jamais sans ma sœur
12. Bienvenue au club !
13. Tenue correcte exigée
14. Bye bye boyfriend
15. Blanches comme neige ?
16. Un peu, beaucoup, à la folie !
17. Des larmes de crocodile

Composition : Francisco *Compo*
61290 Longny-au-Perche

Impression réalisée sur Presse Offset par

BRODARD & TAUPIN

GROUPE CPI

La Flèche (Sarthe), le 31-05-2006
N° d'impression : 35127

Dépôt légal : juin 2006

Imprimé en France

POCKET jeunesse

12, avenue d'Italie

75627 PARIS Cedex 13